Ein Luder mit

Prinzipien

Impressum

© 2023 Summer Winter

Druck und Distribution im Auftrag der Autorin:

tredition GmbH, Heinz-Beusen-Stieg 5, 22926 Ahrensburg, Deutschland

<u>Vorwort:</u>

Sehr verehrte Leser,

vielen Dank für den Erwerb meines Buches.

Eine Schlampe mit Prinzipien ist eine erotische

Kurzgeschichte.

Doch nun zu meiner eigentlichen Person. Mein

Name ist Summer Winter. Ich wurde 1982 in der

ehemaligen Sowjetunion geboren. Seit meiner

Kindheit habe ich Geschichten aller Art

geschrieben. Je älter ich wurde, desto stärker wurde mein Wunsch, erotische Geschichten zu schreiben. Und das tue ich jetzt.

Ich halte mich an keine festen Konventionen. Keine starren Ideen oder allgemeine Sichtweisen. Manchmal schreibe ich aus der Sicht einer Frau, manchmal aus der Sicht eines Mannes. Weil meine Geschichten für beide Geschlechter gemacht sind.

Ich hoffe, meine Leser mit meinen "Werken" glücklich zu machen. Und zu erotischen Handlungen zu inspirieren. Die nachfolgende

Geschichte ist zum Teil frei erfunden. Doch ein großer Teil basiert auf meinem eigenen Leben.

Deine Summer

<u>**Ein Luder mit Prinzipien**</u>

Paula war eine Ehefrau Mitte 40 deren Kinder in fremden Städten studierten und sich alle Monate einmal für kurze Zeit zu Hause blicken ließen. Sie hatte nun endlich, die früher so sehr vermisste Zeit zur eigenen Verfügung. Ihr Mann hatte einen gut bezahlten Job, so dass es ihr an nichts fehlte, und sie sich im Garten und seit einigen Wochen im Fitnessstudio aktiv engagieren konnte.

Sie hatte in letzter zeit auf die Kalorientabelle nicht mehr geachtet, und das Ergebnis wurde ihr auf der Wage gnadenlos angezeigt. Für ihren Mann waren diese Pfunde goldrichtig angelegt, denn verglichen mit anderen Frauen verfügte sie über eine Wespentaille, und die zusätzlich angelegten Pfunde verteilten sich nicht wie sonst üblich am Bauch, sondern modellierten Po und Oberschenkel zu ihren Gunsten.

Bei einer Frau die 1,70m groß war, kamen diese Kurven bestens zur Geltung, und wirkten sich sehr positiv auf ihr Erscheinungsbild aus. Kein Wunder, dass beim Anblick dieser Kurven, die durch die schmale Taille noch mehr akzentuiert wurden, manchem Manne das Auge ungewollt etwas länger auf diesem Körperteil haften blieb, und sich bei ihm wie von Geisterhand ein gewisses Teil unkontrolliert regte und zum Leben erwachte. Sie störte eigentlich nur die Konsistenz der Pobacken und Oberschenkel, welche sie gerne fester gehabt hätte.

Somit zwängte sie sich dreimal wöchentlich in enge Leggins, um dann im Studio den Problemzonen an die Substanz zu rücken. Seit einiger Zeit viel ihr ein Fremder auf, der sich sehr häufig in ihrer Nähe aufhielt, und der wann immer er sich unbeobachtet fühlte ihren Körper taxierte, und mit großen Stillaugen an dem Po hängen blieb. Der Fremde war ca. 1.90 m groß hatte schwarze Haare und verfügte über einen sehr durchtrainierten Körper. Diese imposante

Erscheinung von Mann war ihr sofort

aufgefallen, und sie hatte öfters versucht sich

ihren Mann mit so einem Body vorzustellen.

Leider war er in dieser Hinsicht nur Durchschnitt

und hatte mit schweißtreibendem Sport so gut

wie nichts am Hute. Ja er war auf sein

Wohlstandsbäuchlein sogar ein wenig stolz und

meinte "ein Mann ohne Bauch sei für ihn ein

Krüppel". Auch an diesem Tag stand wie immer

dieser Modelathlet ihr gegenüber und stemmte

seine Gewichte. Aber heute schien es ihr, als

würde er sie öfters fixieren und ihrem Blick nicht

wie gewohnt ausweichen, sondern diesen

sogar zu suchen.

Das er sie begehrte war anhand der Beule, die

sich in seinen engen Hosen abzeichnete nicht

zu übersehen. Es kam ihr etwas befremdend

vor, weil sie diese Zeichen bis heute nicht

entdeckt hatte. Sollte er ihr seine Gefühle mit

Absicht zur Schau stellen? Blitze es ihr kurz durch

den Kopf. Sie verwarf diese Gedanken

schnellstens, weil sie ihr übertrieben und

lächerlich vorkamen.

Zur gleichen Zeit mit beenden ihrer letzten

Übung, tauchte er neben ihr auf, und sie

konnte es kaum glauben als er sie ansprach,

und auf einen Energiedrink einlud. Diese

Einladung kam so spontan und direkt, dass es

ihr fast die Sprache verschlug. Eigentlich war sie

immer sehr reserviert und reagierte meistens auf

Unkonventionelles recht abweisend. Diesmal

dachte sie sich, es ist doch nichts Verbotenes

dabei, wenn sie gemeinsam einen Drink zu sich

nehmen würden und sie ihn dabei etwas

ausfragen könnte.

Sie stimmte der Einladung zu, und als hätte er

nichts anderes erwartet stiefelte er los, bestellte

zwei Drinks und lotste sie dann in eine etwas

ruhigere Ecke wo ganz zufällig zwei Stühle

standen, auf denen sie sich in einem dezenten

Abstand gegenüber saßen.

Ohne Umschweife berieselte er sie mit Komplimenten die ihr als Frau guttaten und ihrem Ego schmeichelten. Er sagte ihr, dass sie für ihn der einzige Lichtblick in den vergangenen Wochen war, und er sich unwahrscheinlich auf diese Stunden freute. Ihr schöner Körper ja ihre ganze Erscheinung sei für ihn eine Augenweide, der er sehr gerne beim Trainieren zu sehe. Ja, das war ihr auch schon aufgefallen. Obwohl diese Worte ihr gefielen, schien sich ein leichtes Unbehagen bei ihr einzustellen. Sie konnte seine animalische Ausstrahlung und sein körperliches Verlangen fast leiblich spüren, und die Regung in seiner Hose war auch nicht zu übersehen.

Eigentlich hätte sie ihn, in seinen Ausführungen

bremsen müssen, ja sogar diese

Annäherungsversuche kategorisch unterbinden

müssen, aber wie jede Frau war auch sie für

solche Schmeicheleinheiten empfänglich und

es tat ihr gut zu hören und zu sehen, dass ihr

Körper auch solch einen jungen Mann aus der

Fassung brachte. So saß sie nun ihm

gegenüber, den Kopf leicht nach vorne

geneigt und lauschte seiner angenehm

klingenden Stimme, und stellte fest, dass ihr

Blick öfters als es ihr Recht sein konnte zu der

immer größer werdenden Beule hinschweitte,

und sie sich im Unterbewusstsein mit der

Beschaffenheit seines Gliedes beschäftigte.

Während er auf sie einsprach, taxierte er ihren

Körper aufs Genaueste, was sie nicht

unbedingt als unangenehm empfand. Wie aus

weiter Ferne erreichten sie seine Worte und

schienen an ihr abzuprallen, bis sie dann

erschrocken zusammenzuckte, als ihr plötzlich

bewusst wurde, dass er sie gerade auf ein Date

für den nächsten Tag eingeladen hatte. Die

nun fällige Absage kam wie aus der Pistole

herausgeschossen. Sie war seit ihrer Hochzeit

noch nie mit einem fremden Mann

ausgegangen und das sollte sich auch nicht

ändern. Dies war die einzige Antwort, die ihre

Prinzipien und ihr Verstand zuließen. Als Frau

wäre sie gerne abends ausgegangen, was ist

schon dabei versuchte sie sich zu ermuntern.
Sie war erwachsen und stand voll über den
Dingen, also konnte nichts passieren was sie
nicht wollte, oder doch?

Sie hatte schon seit über 20Jahren keinen
anderen Mann mehr geliebt und bis jetzt auch
nie einen Gedanken an einen Fremden
vergeudet. Dieser Fremde, er hieß übrigens
Marius, besaß eine mächtige Anziehungskraft,
die ihr richtig zu schaffen machte. Ihr Gewissen
hatte sich zur richtigen Zeit gerührt und sie vor
unbedachten Zusagen abgehalten. Er war von
der Absage richtig überrascht worden, und es

dauerte einige Augenblicke bis er den Schock

verarbeitet hatte.

Nun nach etlichem Zögern entschuldigte er

sich bei Ihr und versuchte auf diplomatische Art

und Weise ihr unbedingt klarzumachen, dass es

nicht in seiner Absicht war sie zu verletzen oder

auch nur an Sachen zu denken die sie

kompromittieren könnten. Dafür würde er sie

viel zu sehr verehren.

Er merkte wie sich langsam ihre Anspannung

löste und sich ihre Gesichtsmine aufhellte. "Gott

sei dank ist nochmals alles gut gegangen",

dachte er sich. Fast hätte er in seiner

Zielstrebigkeit die Chance an sie

heranzukommen schon beim Start vermasselt.

Er beschloss nun behutsamer vorzugehen. So

erzählte er ihr noch einige Takte über seinen

Job ehe er sich artig von ihr verabschiedete

und in den Umkleidekabinen verschwand. Sie

folgte ihm mit den Augen und musste sich

eingestehen, dass dieser Mann schon eine

unübersehbare Wirkung auf sie hatte, und dass

das Gespräch nicht spurlos an ihr vorüber

gegangen war. Sie war innerlich sehr

aufgewühlt. Diesen Zustand kannte sie aus ihrer

Jugendzeit, wenn ein Date mit einem

Traumprinzen anstand und ihre Gefühle

Achterbahn fuhren.

Sie beschloss dieses Thema zu beenden und keinen weiteren Gedanken mehr zu vergeuden. Die nächsten Wochen vergingen wie im Fluge. Den Fremden hatte sie nicht mehr zu Gesicht bekommen. Irgendwie hatte sie ihn und seine Anwesenheit vermisst. Ja sie ertappte sich öfters, wie sie durch das Studio umherschlenderte in der Hoffnung ihn irgendwo zu entdecken.

Aber leider vergebens, er war nirgendwo zu sichten, und obwohl sie ihre innere Unruhe nicht wahrhaben wollte, war sie doch vor jeder Trainingsession auf sein Erscheinen gespannt. Nun sollte das Highlight schlechthin stattfinden.

Jedes Jahr wurde ein Saunaabend mit Sektempfang und Musik von dem Studio organisiert und da dieser Event sehr begehrt war, waren die begrenzten Eintrittskarten schnell vergriffen. Es war ihr gelungen eine Karte zu erstehen.

Ihr Mann hatte für Saunagänge so gut wie nichts übrig, und so wünschte er ihr einen schönen Abend und machte es sich bequem vor dem Fernsehen. Ein Videoabend stand für ihn auf dem Programm. Wie immer sollte es ein Sexfilm mit Schwarzen sein. Während er diese Filme richtig genießen konnte, fand sie diese geballte Sexaktion einfach nur ekelerregend, und zog es lieber vor, in einem schönen Buch zu lesen. Da sie an diesem Abend zu Hause nichts verpasste, machte sie sich mit gutem Gewissen auf den Weg zum Studio. Das Studio hatte für diesen Abend auch das Gelände eines Sportvereins gemietet, so dass die Leute zwischen den Saunagängen nun auch in dem anliegenden sehr großen parkähnlichen Gelände entspannen konnten.

Es war ein schöner, warmer Juliabend und das Studio hatte sich mächtig viel Mühe gegeben diesen Abend sehr kreativ zu gestalten. Beim Empfang wurde jedem Mitglied nach Abgabe der Eintrittskarte ein Glas Sekt überreicht und ihm dann das Programm erläutert. Jedem

stand eine Liege im Ruheraum und eine

draußen im Park zur Verfügung. Im Gelände

waren einige Sturmlaternen an Sträuchern und

Bäumen aufgehängt, die eine sehr

romantische Atmosphäre mit herrlichen

Lichtverhältnissen herbeizauberten.

Die schöne klassische Musik, welche in dem

ganzen Areal zu hören war, krönte dieses

Ambiente. Paula betrat den Umkleideraum,

entledigte sich ihren Kleidern und schlüpfte in

einen blauen, sehr weichen und leichten

Bademantel, der ihrer Figur schmeichelte. Sie

liebte diesen kurzen Mantel, der eine

Handbreite über dem Knie endete, sehr und pflegte ihn an den gemeinsamen Kuschelabenden mit ihrem Manne auf blanker Haut zu tragen. Sie war mit sich und ihrem Aussehen zufrieden, ergriff das Saunatuch und machte sich auf den Weg zur Schwedensauna.

Gerade als sie die Sauna erreichte, ging die Tür auf und ihr Fremder trat, wie Gott in geschaffen hatte, heraus und blieb bei ihrem Anblick wie erstarrt stehen. Er hatte einfach vergessen, dass er sein Handtuch nicht umgewickelt hatte, und sich ihr in voller Pracht zeigte.

Ihr ging es auch nicht anders, für einige

Augenblicke starrte sie ihn und seinen Körper

nur stumm an, ehe sie sich dann allmählich fing

und ein leises Hallo sagte. Nun wich auch bei

ihm die Starre und er grüßte freundlich zurück

und ließ sie wissen, dass ihr Erscheinen ihn sehr

freue, und der Abend besser gar nicht hätte

beginnen können. Er wollte sich nun erfrischen

und in der Gartenanlage auf sie warten. Nach

diesen Worten machte er sich auf den Weg

zum Tauchbecken. Sie entledigte sich ihres

Mantels und betrat die Sauna. In der Sauna

saßen 4 Paare die sehr aufgeregt miteinander

diskutierten, sie bei ihrem Eintreten leicht

taxierten und dann ihr Gespräch ungestört

weiter fortsetzten.

Sie erblickte einen freien Platz auf der obersten Bank in einer Ecke, den sie für sich in Anspruch nahm. Sie setzte sich auf ihr Handtuch im Schneidersitz hin, und ließ ihren Gedanken freien Lauf. Innerlich frohlockte sie, und schätzte sich glücklich an diesem schönen Abend nicht allein hier zu sein, sondern ein solches Prachtexemplar als Begleiter zu haben. Immer wieder erschien ihr seine Figur vor Augen, und sie war verblüfft mit welcher Intensität sie sich alle Details, die seinen Körper betrafen eingeprägt hatte.

Es war ihr ein kleines Muttermal an seiner linken

Hüfte aufgefallen, das sich auf gleicher Höhe

wie der Ansatz seines Gliedes befand. Bei

seinem Glied war bei ihr sofort der Vergleich mit

dem ihres Mannes angelaufen. Es fiel ihr auf,

dass obwohl er sich in einem schlappen

Zustand befand, er die Größe eines voll

erigierten Gliedes hatte. Dies war die Größe die

ihr bis jetzt (ihre Jugendzeit miteingeschlossen)

bekannt und vertraut war, und mit dieser der

Vergleich instinktiv ablief.

Sie war von diesem Prachtexemplar richtig

fasziniert und versuchte sich bildlich vorzustellen

wie er in vollen Größen aussehen würde. Bei all

diesen Gedanken war es nicht verwunderlich

als sich plötzlich ein leichtes Ziehen sich in ihrer

Leistengegend bemerkbar machte. Dieses

Zeichen kannte sie nur zu gut als Boten einer

sich anbahnenden Erregung, die sich langsam

im ganzen Körper ausbreitete.

So in Gedanken vertieft, war es ihr nicht

aufgefallen, dass sich die Sauna gefüllt hatte

und ihre Zeit seit gut 5 Min. abgelaufen war. Sie

wechselte nun langsam ihre Stellung, stand

vorsichtig auf und verließ den Raum. Draußen

angekommen machte sie einige

Dehnübungen gefolgt von tiefen Atemzügen,

ehe sie dann zu dem Tauchbecken ging, um

sich vorschriftsmäßig abzukühlen. Der Einstieg

ins Wasser verschlug ihr fast den Atem. Sie

tauchte einmal kurz unter, um dann schnell das

Becken zu verlassen.

Neben dem Becken hing ihr Handtuch mit dem

sie sich langsam abtrocknete, und dann in

ihren weichen Mantel schlüpfte. Frisch

abgekühlt und entspannt machte sie sich nun

auf den Weg in die Gartenanlage. Was sie hier

geboten bekam, gefiel ihr sehr gut. Die Anlage

war gepflegt und mit Geschmack angelegt.

Die Musik und die durch die Sturmlaternen

entstandenen Schatten- und Lichtverhältnisse

waren einfach toll. Überall sah man Paare, die

sich im Stehen oder im Liegen unterhielten oder

an ihren Drinks nippten.

Paula beschloss die Anlage zu erkunden, und

schritt gemütlich auf ein Rosenbeet zu. Marius

der sie gleich nach ihrem Eintritt in die Anlage

bemerkt hatte, folgte ihr eine Weile mit seinen

Blicken ehe er sich auf den Weg zu ihr machte.

Was er sah ließ seinen Puls höherschlagen. In

ihrem kurzen Mantel, der ihre Kurven voll

unterstrich sah sie einfach bezaubernd aus. Er

konnte nicht anders als auf sie zuzugehen und

sie anzusprechen. Sie hatte ihn nicht kommen

sehen, und zuckte leicht zusammen als er

plötzlich neben ihr auftauchte und sie

ansprach. Er forderte sie freundlichst auf ihm zu

einem herrlichen Platz, den er für sie

aufgetrieben hatte, zu folgen.

Sie bewegten sich auf einem sich leicht

schlingenden Pfad zu einem rötlich

erleuchteten Haselnussstrauch, vor dem zwei

Liegen und ein Tischlein standen. Wie sie so

hinter ihm her ging, streifte ihr Blick über seinen

athletischen Körper, der in einem sehr kurzen

Mantel gehüllt war und ganz knapp unterhalb

seines strammen Pos endete.

Sie konnte seine strammen Waden und

knackigen Po ungestört bewundern. Beim

bloßen Anblick dieses Körpers merkte sie, wie es

an der besagten Stelle wieder zu ziehen

begann. Ihr Traum wurde jäh beendet da sie

den Strauch erreicht hatten. Der Platz, den er

ausgesucht hatte war schön und etwas abseits

gelegen, so dass sie sich hier ungestört

unterhalten konnten. Auf dem Tisch befanden

sich zwei Longdrink Gläser gefüllt mit einem

grünen Getränk. Es war ein ihr unbekannter

Longdrink der hervorragend schmeckte. Sie

prosteten sich beide zu und boten sich bei

diesem Ritual das DU an.

Nun bat er sie, sich ihren Liegestuhl

auszuwählen. Sie wählte die Liege, bei der das

Kopfende im Schatten des Strauches lag, damit

er ihr Gesicht nur schattenhaft sehen konnte.

Sie wollte nicht, dass er alle Regungen und

Rötungen, die im Gesicht abliefen erkennen

konnte. Die Liegen waren in einem 45grad

Winkel zueinander aufgestellt, so dass sich ihre

Fußsohlen fast berührten. Paula stellte ihr Glas

ab und machte es sich auf der Liege bequem.

Da die Sitzfläche etwas tiefer lag und das

Fußende in einem leichten Winkel angehoben

war, rutschte ihr kurzer Mantel ein Stück höher

als beabsichtigt, und ermöglichte ihm die Sicht

auf ein paar lange und herrlich geformte Beine.

Er setzte sich auf die gegenüber-liegende

Liege, und zwar sehr nahe zum Fußende hin, so dass er freie Sicht auf ihren ganzen Körper hatte.

Von hieraus konnte sein Blick ungestört an ihren Beinen hinauf gleiten und was sie nicht zu wissen schien, war das ihr Lustzentrum völlig ungeschützt in seinem Blickfeld lag. Er sah ihre glattrasierte Scham, und glaubte zu erkennen, dass ihre Schamlippen leicht geöffnet waren und es dazwischen rötlich schimmerte. Sie schien von seinen Blicken nicht viel mitzubekommen, denn sie lag da, ganz entspannt und mit leicht geöffneten Beinen, und schwärmte von dieser schönen lauwarmen Nacht, der Musik und allem drum herum.

Er lauschte ihren Worten, konnte aber seinen Blick von der, wie es ihm schien, sich immer mehr öffnenden Tulpe nicht lösen. Das was er zu verarbeiten hatte führte dazu, dass sein gutes Stück zum Leben erwachte und alle bis dahin erreichte Dimensionen übertraf. Paula tat so als ob sie von all dem nichts mitbekommen würde, war aber innerlich hellwach und bis zum äußersten erregt und angespannt.

Sie erzählte ihm über Gott und die Welt, ohne ihn und seinen Lümmel aus den Augen zu verlieren. Nun kam ihr der Schatten sehr recht, denn sie konnte ungeniert das zum Leben erwachende Prachtexemplar verfolgen, und dies ohne, dass er es bemerkte. Sie erhaschte die erste Regung unter seinem Mantel, der in seiner Kürze nur einen kleinen schlappen Lümmel bedecken konnte. Sie sah wie sich der Mantel unten leicht öffnete und eine große Eichel hervorlugte. Die Eichel war kurz und spitz, aber sehr breit.

Sie verglich den Kopf mit ihrem Handgelenk und musste sich eingestehen das er fasst die gleiche Breite hatte. Nun fing er an zu wachsen und schob sich immer mehr ins Freie. Sie konnte schon gute 10cm im Freien bestaunen und was

sie sah verschlug ihr die Sprache. Sein Umfang

entsprach dem ihres Unterarmes. Sie hatte so

einen Monsterschwanz noch nicht einmal in

den Pornos mit gut bestückten Schwarzen zu

Gesicht bekommen.

Marius fühlte wie sein Schwanz hart wurde,

dachte aber dass sein Mantel ihn voll abdeckte

und dass der Windhauch der seine Eichel leicht

kühlte, unter der Liege emporstieg. Da er ihr

Gesicht und ihren Blick nicht sehen konnte, ließ

er seinen Schwanz sich voll entfalten, und tat so

als ob er ihren Worten sehr interessiert lauschen

würde. Paula konnte beim Anblick dieses zum

Leben erwachenden Riesen ihre Erregung nicht

mehr beherrschen.

Sie merkte wie sich ihre Schamlippen immer

weiter öffneten und wie der Saft langsam, aber

stetig aus ihr hervorquellte. Gut das sie auf der

Liege lag und der Mantel ihre immer geiler

werdende Pussy bedeckte, dachte sie sich und

genoss den sich ihr bietender Anblick. Marius

wurde bei dem was seine Augen erfassten und

sein Hirn umzusetzen vermag immer erregter

und hatte sichtlich Mühe auf der Liege ruhig

sitzen zu bleiben.

Er glaubte zu sehen, dass ihre Schamlippen weit

offen waren, und das kleine Tropfen wie Perlen

auf ihren großen Lippen zu glitzern begannen.

Er konnte es förmlich riechen wie sehr sie erregt

war, traute sich aber nicht sie hierzu

anzusprechen, denn ziemlich präsent war die

Abfuhr, welche er sich bei der Einladung zum

ersten Date geholt hatte. Also beschloss er, ihr

vorzuschlagen gemeinsam eine Sauna

aufzusuchen. Als hätte sie nur auf diese

Abwechslung gewartet stimmte sie ihm voll zu,

auch von der Neugier getrieben zu sehen wie

er mit dem voll erigierten Schwanz in dem

kurzen Mantel zurechtkam.

Er war mit solch einer Situation vertraut, den

ehe sie sich besah hatte er sein Prachtstück

zum Bauch hin angehoben und mit seinem

Gürtel schön festgeschnürt, so dass hier gar

nichts mehr zu sehen war. Leicht enttäuscht

machte sich Paula mit ihm auf den Weg zur

Sauna. Hier angekommen, streifte sie ihren

Mantel ab, griff sich ihr Tuch und betrat die

Sauna.

Er lief noch schnell unter die Dusche, und nach

einer kalten Brause trat er mit normalen Maßen

ein. In der Sauna saßen einige Paare, die sich

gut kannten, denn sie plauderten über recht

private Angelegenheiten. Als seine Augen sich

an das Licht gewöhnt hatten sah er Paula in einer Ecke auf der oberen Bank alleine sitzen und so setzte er sich zu ihr nur eine Ebene tiefer, sodass er zu ihr aufschauen musste. Sie hielt wie immer ihre angewinkelten Knie mit ihren Armen umschlungen, und schaute ihn schweigend an.

Bei diesem Blick wurde es ihm warm ums Herz, denn er empfand ihn als sehr verständnis- und liebevoll. Es war so als herrsche zwischen beiden eine innige Vertrautheit wie zwischen zwei Menschen, die sich ewig kennen und lieben. Sie empfanden beide das Gleiche und ihnen wurde es auf einmal klar, dass sie für ihre

Gefühle zueinander keine Worte mehr

brauchten.

So konnte er nun ungeniert ihren Hintern

bewundern, während sie von oben herab

seinen Körper sehr sorgfältig begutachtete. Als

die Zeit um war, standen beide wortlos auf und

machten sich auf den Weg nach draußen.

Draußen angekommen gingen beide mit dem

Handtuch in der Hand so wie Gott sie

geschaffen hatte zur Dusche, um sich zu

erfrischen. Danach schlüpften sie in ihre Mäntel,

ohne sich vorher abgetrocknet zu haben, und

machten sich auf zu den Liegestühlen. Da sie

den Weg kannte ging sie voraus und er folgte

ihr. Durch die Nässe klebte der Mantel an ihrem

Körper und klatschte ihr mit dem unteren Saum

bei jedem Schritt an den Po.

Die Langen Beine und dieser Prachtarsch

brachten ihn schon wieder in Rage und sein

Schwanz begann sich zu versteifen, dass er es

fast als Schmerz empfand. Vor den Liegen blieb

sie stehen und er trat, ohne ein Wort zu

verlieren von hinten an sie heran und schloss sie

in seine Arme. Sein Schwanz drückte gegen

ihre Beine. Diesem Druck gab sie nach, indem

sie die Beine leicht spreizte so dass er

dazwischenfahren konnte. Bei seiner immensen

Erektion schnellte der Schwanz hoch und kam

wie von Geisterhand getrieben (über seine

ganze Länge) an ihren offenen Schamlippen

an.

Diese waren so nass und angeschwollen, und

der aus ihrer Vagina auslaufende Sekret hatte

das gesamte Dreieck (bestehend aus

Liebesgrotte und je 3 cm von den Innenseiten

der oben angrenzenden Beine) voll

eingeschleimt, so dass er seinen Schwanz fast

ohne Reibung an ihrer Öffnung und zwischen

ihren Beinen hin und her ohne Mühe bewegen

konnte.

Die Anspannung war bei beiden so groß, dass sie vor Verlangen hätten schreien können. Sie schritten nun ganz langsam so umschlungen in den Schatten des Strauches wo sie von den anderen nicht mehr gesehen werden konnten. Hier angekommen, beugte sie sich langsam nach vorne und streckte ihm ihren Arsch entgegen.

Er musste seinen Schwanz nur einige cm zurückziehen und die Eichel kam von selbst vor ihrem Loch zum stehen an. Ohne seinen Schwanz anzufassen verstärkte er den Druck, und die riesige Eichel öffnete ihre Möse und drang langsam, aber stetig in sie ein. Als die

Eichel drin war hielt er eine Weile inne, damit sie

sich an seine Größe gewöhnen konnte, ehe er

dann schön langsam immer tiefer in sie

eindrang bis er mit voller Länge in ihr steckte.

Den Rausch, der ihm jedes einzelne Zentimeter

ihrer Vagina während seines Eindringens

bereitete, war für ihn unbeschreiblich. Diese

Enge, in die er eindrang und die ihn wie in

Schraubstock umfasste raubte ihm fast den

Verstand. Er musste an sich halten, um ihr nicht

in seiner Erregung weh zu tun. Er hätte sie

liebend gerne fester gedrückt, ja ihr sogar in

den Hals gebissen aber all das verkniff er sich.

Der Druck den Paula an ihrer Öffnung verspürte

und die Festigkeit seines Gliedes zwangen sie

sich ihm zu öffnen.

Das diese riesige Eichel deren Größe fast die

einer Kindesfaust entsprach sich mühelos

zwischen ihre kleinen Schamlippen bohrte und

den Weg ins Innere suchte, war nur ihrer tollen

Erregung und dem aus ihrer Vagina

herausquellenden Schleim zu verdanken. Seine

Größe brachte ihre Vagina fast zum Platzen.

Noch nie hatte sie solch einen Riesen

aufnehmen müssen.

Der Schmerz gepaart mit der Erregung, die von

ihrer Liebesgrotte ausströmte, brachte sie fast

zum Wahnsinn. Sie hätte vor Lust schreien

können. Um ja keine verräterischen lauten Töne

von sich zu geben presste sie ihre geballte Faust

in den Mund und biss mit voller Wucht drauf. Ihr

ganzes ich war jetzt auf das was sich unten tat

gerichtet, und sie verfolgte den Reiz gepaart

mit dem Brennen der sein Schwanz mit jedem

Zentimeter, den er in ihr vorrückte, verursachte.

Als er nun mit dem Vorstoßen aufhörte, und in

volle Länge in ihr lag, fühlte Sie wie sich die

ganze Anspannung in einer Explosion der

Ekstase löste und sie von nie gekannten Reizen

überwältigt wurde. Jede Faser und jeder Nerv

ihrer Vagina war bis zum äußersten gereizt. Sie

hatte das Empfinden als würde die

Beschaffenheit seines Schwanzes ihre Muschi

naturgetreu nach modellieren.

Nachdem sie sich etwas beruhigt hatte,

begann er seinen Schwanz langsam zurück zu

ziehen bis die Eichel über die Hälfte draußen

war, um dann wieder langsam in sie

einzudringen. Dies wiederholte er einige Male

bis er merkte, dass sie sich zu bewegen anfing

und er ganz leicht in sie rein und raus gleiten

konnte. Jetzt war es mit seiner Zurückhaltung

vorbei und er begann wie von Sinnen seinen

Riesen immer wieder und mit voller Wucht in sie

hineinzustoßen. Ihr Wimmern drang zu ihm wie

aus weiter Ferne, er spürte das Zittern, welches

ihren ganzen Körper erfasst hatte und fühlte wie ihr Saft an seinen Lenden herabrann.

Er merkte wie ein Orgasmus den andern in ihr jagte und wie sie innerlich zerfloss, ehe er die anbahnende Explosion in seinem Schwanz verspürte und ihr eine volle Ladung bis tief in ihren Muttermund hineinjagte. Die Mengen die er in sie hineinspritzte konnte ihre Möse nicht auffangen, und der Samen vermischt mit ihrem Sekret ran beiden an den Beinen herab. Er verhielt anschließend noch eine Weile in ihr, bis sich ihr Atem beruhigt, und ihr Zittern aufgehört hatte, ehe er seinen Schwanz herauszog und ihn unter seinem Mantel verschwinden ließ.

Nun drehte sie sich zu ihm und die glücklichsten

Augen strahlten ihn an. Sie war einfach göttlich,

wie sie voll befriedigt, dastand und welches

Glück sie ausstrahlte. Er konnte nicht anders als

sie in seine Arme zu nehmen und

leidenschaftlich zu küssen. Beiden war nun

endlich klar geworden, dass sie für einander

bestimmt waren und sich nach vielen Jahren

endlich gefunden hatten.